PRÉCIS

POUR Mlle

LAURETTE DE VILLECHAISE

CONTRE M.

JUST-AIMÉ DE VILLECHAISE

ET LES MARIÉS DE BRIOUDE DE VILLECHAISE.

ÇOUR ROYALE DE LYON.

Audience du 8 août 1838.

LYON.
IMPRIMERIE DE L. BOITEL,
QUAI SAINT-ANTOINE, 36.

PRÉCIS

LAURETTE DE VILLECHAISE,

Rentière, demeurant à Lyon,

CONTRE M.

JUST-AIMÉ DE VILLECHAISE,

Rentier, demeurant à Boen (Loire),

Et M. PUPIER de BRIOUDE, et Mlle JULIE de VILLECHAISE, son épouse,

PROPRIÉTAIRE, DEMEURANT A MONTBRISON (LOIRE).

———— ❦ ————

DE LYON.

—

Audience solennelle.

—

PRÉSIDENCE DE
M. LE MARQUIS DE BELBEUF,
1er président.

—

M. VINCENT DE SAINT-BONNET,
1er avocat général.

Mademoiselle Laurette de Villechaise réclame sa qualité d'enfant légitime. Elle vient demander justice d'une intrigue odieuse et persévérante qui l'a bannie de la famille que lui avaient donnée la nature et la loi. Cette intrigue, habilement conduite, appuyée d'éléments spécieux, armée de pièces fabriquées, a jusqu'ici paralysé des efforts qui datent de vingt années : elle a élevé contre les prétentions de Mlle Laurette de Villechaise une redoutable barrière de calomnies et de fraudes couronnée par quatre sentences judiciaires auxquelles on voudrait attribuer l'autorité sacrée de la chose jugée. Mais ce grand, ce nécessaire principe d'ordre social ne peut être invoqué par ceux qui tendent des piéges à la magistrature et surprennent ses décisions à l'aide du mensonge. Leur victoire est impure, elle ne leur doit pas profiter. La justice cesse pour eux d'être immuable afin de conserver son auguste caractère et de ne pas s'associer à leurs criminelles passions.

Mlle de Villechaise ne saurait donc être effrayée des échecs qu'elle a essuyés, ni de la gravité d'une contestation dans laquelle se trouvent engagés de si vastes intérêts; quelqu'aient été ses déceptions et ses épreuves, elle n'a pas perdu sa foi. Une moitié de la carrière qu'elle a déjà parcourue s'est écoulée pour elle douce et féconde. Elle a reçu dans la maison paternelle les témoignages publics d'une tendresse qui ne trompe point ; ell y a puisé des traditions qui lui font regarder ses réclamations comme un devoir, elle y a compris des droits qui lui permettent d'agir le front découvert et d'attaquer sans crainte les spoliateurs de sa légitimité. L'autre moitié a été remplie par une lutte courageuse, obstinée comme celle de la vérité contre l'imposture et la mauvaise foi. Jusqu'ici le succès est resté au plus habile. Ce n'est pas la première fois que la justice humaine a été entraînée par de perfides manœuvres. Mais où éclatent surtout sa majesté et sa force, si ce n'est dans la puissance souveraine que la loi lui accorde de condamner ses propres erreurs, et de donner ainsi deux salutaires exemples; l'un d'autorité et de grandeur, dans l'exercice d'une si extraordinaire prérogative; l'autre de moralité et de vigilance dans la confusion des téméraires que n'arrête pas la sainteté du sacerdoce judiciaire, et qui, ne pouvant corrompre les ministres qui en sont revêtus, compromettent leur dignité en plaçant de ruse le mensonge sur leurs lèvres.

Mlle de Villechaise se met à l'abri derrière cette loi réparatrice pour dévoiler les machinations indignes qui ont préparé l'arrêt qu'elle combat. Elles sont d'autant plus coupables que leurs auteurs sont plus puissants, que leur but est plus inique. Quelle plus monstrueuse entreprise que d'arracher à un enfant son état civil, que de le rejeter dans les impures obscurités de la bâtardise, et de le vouer ainsi à la honte et à la pauvreté quand sa naissance lui assurait la considération et l'opulence?

C'est là ce qu'ont voulu M. de Villechaise et Mme de Brioude. Cet écrit a pour objet d'indiquer les principales preuves de leurs détestables artifices. Bientôt l'audience sera ouverte. La défense de Mlle de

Villechaise y sera telle qu'elle peut l'être dans un pays libre, devant une magistrature indépendante et souveraine. La courte exposition des faits et des réflexions qui vont suivre, n'en peut être que le prologue.

FAITS.

M. Jean-Ferréol Dubessey de Villechaise, riche propriétaire du département de la Loire, épousa, le 9 mai 1775, mademoiselle Antoinette Chazellet de Mirabelle.

Neuf enfants furent le fruit de cette union. Mme de Villechaise mourut le 23 mai 1812; M. de Villechaise, trois ans après, le 13 mars 1815.

Quatre enfants leur avaient survécu :

Pierre-Jean-Ferréol-Jacques-Philibert, né le 19 juin 1788;

Julie, mariée d'abord à M. Dupin, en secondes noces à M. de Brioude;

Just-Antoine, né le 6 octobre 1782;

Claudine-Antoinette-Laurette, née le 9 mai 1793.

Ce dernier prénom ne se rencontre pas dans l'acte de naissance; il avait été donné par une de ces fantaisies maternelles qui sont communes dans les familles, sans jamais jeter du doute sur l'identité de l'enfant ainsi caché sous un pseudonyme.

Cette inconstance a cependant favorisé les desseins odieux de M. de Villechaise et de Mme de Brioude.

A la mort du père commun, Jacques-Philibert n'était plus sous le toit domestique. La loi militaire, impitoyable alors, l'avait lancé au bout de l'Europe à la suite de notre drapeau. Les aigles se sont repliées sur le sol national. Comme tant d'autres, le fils de famille ne les a point accompagnées; et l'on ignore aujourd'hui encore s'il est retenu loin de sa patrie par une chaîne ou par une tombe.

Trois enfants seulement assistèrent donc aux derniers moments de M. de Villechaise. Jusqu'à cette douloureuse catastrophe leur sort avait été égal. Toutefois de secrètes semences de division avaient germé entre eux. A leur développement il ne fallait plus que la disparition du chef de la famille qui les eût étouffées avec horreur, s'il en avait soupçonné la portée.

Ces semences étaient l'œuvre d'une des filles de M. de Villechaise, de Mme de Brioude.

Née avec un esprit insinuant et fin, habituée de bonne heure au calcul et à la dissimulation, sachant tout sacrifier à la satisfaction de son orgueil ou de sa haine, incapable de scrupule ou d'hésitation dans le mal, cette femme habile paraît sur la scène au premier acte du drame; nous l'y retrouverons au dernier; nous l'y convaincrons de mensonge; il y a vingt-cinq années qu'elle s'y est vouée.

A peine Mme de Villechaise eût-elle fermé les yeux, Mlle Laurette devint l'objet des sourdes attaques de sa sœur; elle expiait ainsi une affection privilégiée : triste et fatale erreur qui trop souvent est la source de crimes domestiques. Pour expliquer celle de Mme de Villechaise, la malignité publique allait jusqu'à outrager son époux. Celui-ci recueillit-il un écho de ces bruits injurieux? Mlle Julie eut-elle l'art de leur donner une déplorable consistance? Ce qui le ferait croire, c'est que le cœur de M. de Villechaise semblait s'être éloigné de la fille Laurette. Il avait été question de la placer chez une ouvrière de Montbrison. Une correspondance a été produite à ce sujet. Elle ne prouve que l'ancienne date des intrigues ourdies par Mme de Brioude. Du reste, à la mort de M. de Villechaise, ces projets n'avaient reçu aucun commencement d'exécution.

Mais alors tout change brusquement. Mme de Brioude emmène sa jeune sœur dans son château, et là, profitant de l'ascendant que lui assurent son âge, son expérience, sa position, elle s'efforce de la tromper sur sa véritable origine et de lui persuader que loin d'appartenir légitimement à la famille de Villechaise, elle n'y a été admise que par charité. Vainement Mlle Laurette, malgré son ignorance, lui oppose le témoignage des vingt années qui viennent de s'écouler, l'éducation commune partagée, la place occupée au foyer et à la table paternels, et plus encore les souvenirs si rapprochés de la tendresse de sa mère; on a d'avance prévu ces objections, on a préparé de fallacieuses réponses. Que pouvait contre de tels piéges cette jeune fille abandonnée à sa sœur, sans conseils, sans moyens de s'éclairer, sans protection qui lui permit de résister à la force morale qui l'étreignait? Elle demeura étourdie sous le coup qui lui était porté. Elle consentit à entrer chez une couturière; le dénument profond dans lequel on l'y laissa, la contraignit à écrire deux lettres dont on a plus tard tiré parti. Cependant les avertissements se multipliaient autour d'elle. L'exécution d'une telle entreprise ne pouvait avoir lieu dans une ville de six mille ames sans y causer une émotion dont Mlle Laurette devait tôt ou tard sentir les effets. Tous ceux qui l'avaient vue dans la maison paternelle jouir des prérogatives qui lui étaient dues, n'eurent pas la lâcheté de la repousser quand la jalouse cupidité de sa sœur l'eût rejetée. Elle-même ne tarda pas à comprendre que l'abnégation et le silence étaient, de sa part, l'oubli du premier de ses devoirs. Elle réclama la place dans la famille d'où on prétendait la chasser violemment. On la lui refusa. Il fallut dès lors la demander à la justice.

La contestation s'engagea devant le tribunal civil de Montbrison. Mlle Laurette y faisait valoir sa possession d'état. Par une singulière fatalité, l'acte de naissance du 9 mai 1793, et qui constate la filiation légitime de Claudine-Antoinette, ne fut pas représenté. Privée de ce document précieux, Mlle Laurette s'aventura dans une voie favorable aux intrigues de ses adversaires. Elle accepta la situation d'un enfant qui n'a que la possession d'état pour preuve de sa légitimité. Elle articula, du reste, des faits nombreux et décisifs, elle produisit d'irrécusables et graves certificats. Cet échange de tendresse affectueuse et de soins respectueux continué depuis son enfance jusqu'à la mort de Mme et de M. de Villechaise, cette participation publique au rang, aux honneurs et aux bienfaits qui appartiennent à l'enfant légitime, le nom de Villechaise écrit à côté de celui de Laurette, à l'époque de sa première communion , les initiales distinguant son linge , enfin l'unanimité des témoignages recueillis dans la commune habitée par la famille de Villechaise , paraissaient des éléments sérieux de conviction et de nature à déterminer la décision des juges , tout au moins à démontrer la nécessité et l'efficacité d'une preuve testimoniale.

Il n'en fut rien cependant. Le 26 mars 1819, le tribunal de Montbrison déclara Mlle Laurette mal fondée, tant à cause de l'insuffisance des indices par elle invoqués, que par égard pour une prétendue filiation illégitime qui parut établie contre elle. Le roman inqualifiable imaginé par ses adversaires reçut ainsi une consécration juridique.

Ce roman le voici : nous n'insisterons pas sur ses invraisemblances monstrueuses. Elles frappent les regards les moins prévenus.

A entendre Mme de Brioude et M. de Villechaise, Mlle Laurette serait un enfant trouvé pris à l'hospice du Puy. A une époque qui n'est point précisée , elle aurait été recueillie par M. et Mme de Villechaise, élevée comme leur propre fille, uniquement par une pensée d'humanité.

Pour colorer cette absurde fiction ils ajoutent à l'invention principale, les détails qui suivent.

Mme de Villechaise avait, en 1793, donné le jour à une fille qui reçut les noms de Claudine-Antoinette et que dans la maison paternelle on appela Pauline. Cette enfant venait d'atteindre sa sixième année lorsqu'elle succomba aux ravages de la petite vérole. Dans leur désolation, le père et la mère abandonnèrent à un vieux serviteur le triste soin de l'ensevelir. Celui-ci oublia de déclarer son décès à la municipalité.

Quelque temps après, M. et Mme de Villechaise firent un voyage au Puy pour y chercher quelques distractions à leur douleur. Deux pieuses demoiselles qui en furent témoins ne trouvèrent rien de mieux pour la consoler que de remplacer la jeune enfant ravie à l'amour de ses parents, par une étrangère à peu près du même âge. L'hospice du Puy offrait un choix nombreux parmi les fruits du libertinage ou les victimes de la misère. Une petite fille, nommée *Thérèse Magdelaine*, fut amenée par elles à l'auberge où logeaient M. et Mme de Villechaise et ceux ci, sans autres informations, sans s'inquiéter d'où provenait cette enfant, sans régulariser sa sortie de l'hospice par une déclaration faite entre les mains de l'officier de l'état civil, de l'économe ou de la supérieure, repartirent immédiatement avec l'étrangère qui, dès ce jour, prit le rang d'enfant légitime à côté des deux autres héritiers du nom et de la fortune patrimoniale.

C'est ce récit qui a dicté le jugement du 26 mars 1819. Ce résultat inoui, le respect dû à une sentence judiciaire, quelle quelle soit, nous imposent une réserve dont nous nous sentirions incapables si pour la première fois une pareille fable se produisait. Il est néanmoins difficile de ne pas remarquer d'un coup d'œil les impossibilités qu'on a entassées pour lui donner un corps.

On veut appliquer l'acte de naissance du 9 mai 1793 à une prétendue Pauline. Nul ne l'a connue dans la famille. Son existence est demeurée aussi obscure que sa mort dont la constatation légale manque absolument.

Cette mort aurait eu lieu en 1799. Depuis longtemps déjà les réformes de l'assemblée constituante avaient rétabli l'ordre dans les registres de l'état civil. La preuve des naissances et des décès n'était plus abandonnée au zèle fort inégal des hommes d'église, la loi avait investi la magistrature municipale d'attributions nouvelles qui devaient servir de garantie aux familles.

Et dans quel lieu l'exercice d'une pareille autorité devait-il être plus circonspect et plus exact, que dans une commune rurale où chaque intérieur est connu de tous les autres, où chaque évènement domestique se mêle si bien à la vie de tous qu'il ne peut être ignoré de personne? Comment croire que Mlle Pauline de Villechaise ait été malade et soit morte sans que les habitants de saint Julien Lavestre, où son père était le propriétaire le plus considérable, en aient été instruits? A supposer, ce qui n'est pas, puisque tout ceci n'est qu'une fable, qu'un serviteur

2

ait été laissé seul à la garde des tristes restes dont M. et Mme de Villechaise ne pouvaient soutenir la vue, n'a-t-il pas été entouré par les voisins qui n'avaient pas les mêmes motifs d'éloignement, et depuis quand voudra-t-on faire croire qu'à la campagne on puisse à l'insçu de tout le monde perdre et faire ensevelir secrètement un enfant. L'impossibilité d'un pareil fait se démontre par lui-même.

Il en est de même de ceux qui suivent, ou plutôt, leur choquante invraisemblance est plus saillante encore. M. et Mme de Villechaise qui avaient pour leur fille Pauline une affection si passionnée qu'ils ne peuvent présider à l'accomplissement de formalités importantes pour le chef de la famille surtout lorsqu'il a d'autres enfants, viennent quelques mois après au Puy. Rien n'indique qu'ils y cherchent une distraction à leur douleur, et quelle compensation en effet pourrait combler le vide que fait, dans le cœur d'un père et d'une mère, la mort d'une jeune fille sur la tête de laquelle tant d'espérances se reposaient? Des amis officieux s'avisent néanmoins d'en imaginer une. Ils conduisent au père et à la mère désolés une petite fille de trois ans prise à l'hospice. Pauline était morte à six ans. Trois années à cet âge sont presque une vie. La jeune étrangère ne put donc rappeler à M. et Mme de Villechaise que de tristes et lointains souvenirs. Mais croire, comme on l'a écrit et plaidé au nom de M. de Villechaise et de Mme de Brioude qu'ils aient en la pensée d'adopter cette enfant qui leur était parfaitement inconnue, eux qui d'ailleurs avaient trois autres rejetons sur lesquels devait se reporter toute leur tendresse, c'est là ce qui offense la nature et le bon sens, et l'on ne sait ce que l'on doit le plus admirer ou de la hardiesse d'une invention si repoussante ou du prodige de prévention qui a pu la faire accueillir par des magistrats éclairés et consciencieux.

Ce n'est pas tout cependant. M. et Mme de Villechaise ne se contentent pas d'oublier le respect qu'ils se doivent, l'intérêt que méritent leurs enfants, la prudence qui leur faisait une loi de ne pas admettre légèrement dans leur famille un élément étranger qui pouvait y porter la discorde, ils omettent les précautions les plus simples que leur dictait le soin de leur honneur et de leur sécurité.

Ainsi ce n'est pas un acte indifférent que de se charger de l'avenir d'un enfant trop jeune encore pour apprécier la portée du bienfait qu'on lui rend. On ne contracte pas seulement vis à vis de lui des obligations sacrées, on s'engage aussi vis à vis de la société qui est le tuteur né des faibles, et qui a tracé pour les protéger des règles dont il n'est pas permis de se départir. La pureté de l'intention ne peut ici être considérée comme une excuse. Peu importe l'amélioration apportée au sort de l'enfant. Il suffit qu'on le change pour qu'on doive constater légalement la responsabilité qu'on accepte. Ces considérations s'appliquent surtout à ces êtres malheureux qui portent sur leur front la marque de la faute à laquelle ils doivent la vie. Plus leur état est incertain, plus le législateur l'a entouré de garanties. Leur situation équivoque les expose en effet à des dangers contre lesquels il est essentiel de les prémunir. Il fallait donc rendre impossible toute entreprise contre leurs personnes. C'est pourquoi la police des hospices est placée sous la triple tutelle des pouvoirs municipaux, administratifs et judiciaires ; c'est pourquoi les règlements qui leur sont imposés prévoient minutieusement les cas dans lesquels l'état d'un enfant peut être menacé, et veulent que l'on constate son existence, que l'on surveille sa jeunesse, de manière à ce que son identité soit aussi bien à l'abri que sa vie. La violation de ces règlements compromettrait non seulement les officiers chargés de leur exécution mais encore les tiers qui auraient participé à l'infraction.

Eh! bien ces idées simples ne se sont pas présentées à l'esprit de M. de Villechaise ; lui qui, pendant de longues années, a rempli dans la commune les délicates fonctions de juge de paix, il ne s'est pas douté un instant de l'imprudence qu'il commettait en enlevant un enfant. On s'étonne déjà qu'il l'ait fait au mépris des sentiments les plus sacrés pour un père, en oubliant brusquement la fille qui venait de lui être ravie, et celle qui lui restait, mais ce qu'on ne peut comprendre, c'est l'espèce de vertige qui l'aurait poussé à prendre des mains de deux demoiselles presque inconnues, une petite fille bâtarde, à négliger d'avertir la supérieure et l'économe de l'hospice, et à mettre dans cette grave action une précipitation si grande qu'elle ressemble beaucoup plus à un crime qu'à une œuvre de bienfaisance.

En effet, on lit dans un certificat produit par les adversaires, que la nourrice de la prétendue Thérèse-Magdelaine, ayant voulu la revoir le jour même, alla de la part des sœurs de l'hospice dans l'auberge où étaient descendus M. et Mme de Villechaise. La servante de l'hospice venait d'y conduire l'enfant; ils étaient déjà partis avec elle.

Vainement essayera-t-on de répondre que Thérèse était le fruit d'une faute commise dans la famille même de la supérieure et que celle-ci avait intérêt à dissimuler son existence. Cette excuse est démentie par les registres de l'hospice. L'entrée de Thérèse Magdelaine y est régulièrement constatée, le paiement de ses mois de nourrice, son retour dans la maison y figurent également. La supérieure ne pouvait donc cacher un fait authentiquement établi. En livrant à des inconnus un enfant confié à sa garde, elle manquait sans utilité à tous ses devoirs et plus on cherchera à la rapprocher de cette malheureuse enfant, plus on rendra invraisemblable un si coupable abandon.

En résumé, rien ne peut expliquer la conduite de M. et de Mme de Villechaise, de la supérieure et des administrateurs de l'hospice du Puy. En supposant de la part des premiers un intérêt quelconque à s'attacher une inconnue, on ne peut s'empêcher de reconnaître que toutes ces personnes en avaient un bien autrement puissant à ne pas enlever cette enfant de l'hospice sans constater sa sortie. Ainsi, à considérer le récit présenté par Mme de Brioude et M. de Villechaise en lui-même, indépendamment des pièces et documents, qui en démontrent l'irrécusable fausseté, on le trouve hérissé de mensonges si patents qu'il ne peut soutenir les regards de la justice.

Comment, d'ailleurs, concilier avec l'hypothèse de l'illégitimité de Mlle Laurette de Villechaise, les égards et les soins dont elle est l'objet dans la maison paternelle? Un acte de bienfaisance se comprend; mais il a des limites de convenance et d'équité. Cette adoption de hasard, décidée en quelques minutes, ne semblait pas devoir durer davantage que la fantaisie dont elle était née. Dans tous les cas, elle n'effaçait pas la tache d'origine; elle ne donnait pas à l'étrangère introduite dans la famille un caractère si précieux qu'on l'assimilât de suite aux enfants légitimes. Cependant c'est jusques-là que vont M. et Mme de Villechaise. Mlle Laurette est traitée comme leur fille, elle couche dans la chambre de Mme de Villechaise, elle mange à leur table, elle est servie par leurs domestiques, elle n'emploie que les noms de père et de mère, de frère et de sœurs, on lui répond dans le même langage; ces liens s'établissent et se continuent publiquement; son tableau de première communion porte : *Laurette de Villechaise*. On ne produit pas une note de Mme ou de M. de Villechaise pouvant faire présumer que cette enfant ne leur appartenait pas, et l'on ne trouverait pas dans ces faits des indices suffisants, et l'on pourrait dire avec les juges de Montbrison que Mlle Laurette est inhabile à réclamer son titre de fille de Villechaise, parce qu'elle appartient à une autre famille!

Il est vrai que devant le tribunal de Montbrison les adversaires se prévalaient de deux lettres écrites à M. de Villechaise, l'une le 17 mai 1809, par une dame de Balichard, l'autre par une dame de Veyrac, le 18 août 1812. Dans ces deux lettres qui n'ont point été inventoriées lors du décès de M. de Villechaise, il est question d'une jolie petite fille qui aurait quitté l'hospice vers l'année 1804 ou 1805, sans qu'on n'eut dressé un acte régulier de sortie. Son aïeule lui ayant fait un legs, les sœurs de l'hospice en demandent des renseignements auprès de madame de Balichard. M. de Villechaise, toujours suivant le dire des adversaires, aurait mis au dos de ces lettres, une première fois qu'on pouvait donner ces renseignements, une seconde que ces lettres étaient relatives à Laurette. Telle est l'allégation de Mme de Brionde. L'écriture de M. de Villechaise n'a été ni vérifiée ni reconnue ; et d'ailleurs quelle induction peut-on tirer d'une pareille annotation ? Est-ce avec des présomptions de cette nature qu'on peut détruire une possession d'état constante, un acte de naissance et l'enseignement de la notoriété publique ! En admettant même que M. de Villechaise ait de sa propre main jeté des doutes sur la légitimité de sa fille, ne devrait-on pas voir dans cet acte un résultat des influences funestes que Mme de Brioude avait l'art d'envenimer ? Il y a mieux, la lecture attentive des lettres de Mme de Balichard et de Mme de Veyrac, donne à penser que les adversaires ont puisé dans ces pièces l'idée première de leur système mensonger. Sans ces réclamations qui pouvaient servir de base à leur fable, ils n'auraient jamais songé à d'aussi misérables inventions ; et l'on devrait peu s'étonner que dans l'égarement de leur passion, ils eussent appuyé de faux certificats par de fausses annotations, et que les lignes qu'ils prétendent écrites par M. de Villechaise, ne l'aient été qu'à une époque où sa main desséchée, ne pouvait plus se mouvoir pour faire connaître la vérité.

Ces soupçons se fortifient quand on considère la nature équivoque de ces preuves, le silence de M. de Villechaise pendant toute sa vie sur un fait domestique d'une si haute importance ; enfin l'absence de tout document émané des personnes avec lesquelles il a correspondu, et qui cependant sont toutes à la dévotion de Mme de Brioude. Ainsi on ne rapporte pas les réponses faites à Mme de Balichard et à Mme de Veyrac. Elles ont pu s'égarer, dit-on ; elles étaient assez capitales pour être soigneusement conservées. Mais rien ne pourrait expliquer la disparition de celles envoyées à l'hospice, on ne les représente point ; et l'on croit y suppléer par quelques mots tracés par une main inconnue et suspecte au dos de lettres dont nous ne savons pas la date précise. En vérité, c'est pitié que d'attaquer avec de pareilles armes une filiation protégée par la triple garantie de l'acte de naissance, de la possession d'état, des présomptions graves et concordantes. Nous nous plaisons à penser, pour l'honneur de la justice, que les droits de Mlle Laurette n'ont pas été mis à couvert derrière cette égide ; nous aimons mieux supposer un oubli dans sa défense, qu'une déplorable erreur de la part de ses juges. Nous ne sommes point ébranlés dans cette opinion par la lecture d'une attestation délivrée par les sœurs de l'hospice, Aulanier et Bouchy, lesquelles ont déclaré qu'en 1800 un enfant avait été remis, par ordre de la supérieure, à deux demoiselles Laberge de Langogne, qui elles-mêmes l'auraient confié à *un monsieur et une dame*. Nous aurions beaucoup à dire sur un certificat semblable ; ce qui nous dispense de toute discussion, c'est que Mme la sœur Bouchy, dans une déclaration récente, est revenue sur cette première version, exprimant son repentir et racontant naïvement qu'elle lui avait été arrachée par des sollicitations dont elle ne comprenait pas la portée. Cette pièce, loin d'être défavorable à Mlle de Villechaise, établit donc de la manière la plus évidente le dol de ses adversaires. Elle n'est pas la seule.

Parlerons-nous de deux autres lettres écrites par Mlle Laurette après la mort de son père, lorsque Mme de Brioude avait abusé de son ascendant sur elle pour la faire entrer chez une couturière ? nous avons indiqué déjà par quelles intrigues elle fut un instant séduite et contrainte à subir cette humiliation. Sa sœur s'était emparée de son esprit. Toutes les ressources d'une imagination perfide avaient été mises en jeu. Troublée, ignorante, abattue, Mlle Laurette semblait avoir accepté ce cruel abandon ; elle écrit à Mme de Brioude comme à une étrangère ; elle se plaint avec amertume du dénûment dans lequel on la laisse ; puis, quelques mois après, elle reprend son rang, et lorsqu'on essaye de le lui disputer, elle saisit les tribunaux. Y a-t-il, dans une telle conduite, une renonciation à son droit qui puisse lui être opposée ? Ne comprend-t-on pas que cette jeune fille ait été trompée ; qu'elle ait cédé sans apprécier les conséquences de son sacrifice, et lorsqu'on la voit se relever immédiatement après y avoir consenti, ne doit-on pas considérer cette abdication apparente et passagère comme une preuve de la détestable intrigue dont elle a été victime ?

Tels furent les seuls documents sur lesquels les juges de Montbrison firent reposer leur sentence. L'organe du ministère public en proclamait hautement l'insuffisance. Au nom de la morale et de la loi, il demandait que Mlle Laurette fut admise à prouver les faits qu'elle articulait; sa voix si grave ne fut pas écoutée. La conviction des magistrats repoussa tout moyen de s'éclairer davantage. Mlle Laurette fut condamnée, elle interjeta appel.

M. de Villechaise et Mme de Brioude comprirent que leur position était changée. Devant la cour de Lyon, ils ne pouvaient plus comme à Montbrison se prévaloir des influences locales et faire mouvoir les ressorts qui ébranlent souvent les consciences les plus honnêtes, tant les hommes sont habiles à se créer des illusions pour excuser leurs faiblesses! A la Cour de Lyon cette puissance factice leur échappait. L'autorité de la science venait se joindre à l'indépendance du caractère pour rassurer Mlle Laurette et déranger les calculs de ses ennemis. Ils le sentirent et n'épargnèrent aucun effort pour empêcher l'éclat des plaidoiries. La ressource à laquelle ils eurent recours ne peut laisser aucun doute sur leur moralité, non plus que sur le succès de l'attaque que Mlle Laurette dirige aujourd'hui contre eux.

Déjà ils avaient fait un premier pas dans le mensonge en niant l'identité de leur sœur qu'ils avaient voulu confondre avec un enfant de l'hospice. Des recherches faites sur les registres de cette maison leur avaient appris qu'on pouvait mettre à profit une irrégularité d'inscription, ils en avaient tiré avantage; il fallait achever cette œuvre en la colorant, en s'appuyant au besoin de certificats étrangers. Dans ce but ils remontèrent à la source de l'illégitimité qu'ils avaient exploitée. Il rencontrèrent une femme qui, après avoir failli, dans sa jeunesse luttait dans l'âge mur contre les nécessités du besoin, ils corrompirent sa pauvreté. Pour Mme de Brioude, c'était un jeu; elle qui avait su si habilement dominer sa jeune sœur et lui imposer des démarches qui devaient la perdre; elle eut bon marché des scrupules d'une mère de famille affamée. Agathe Garde, la mère de Thérèse Magdelaine, déposée à l'hospice du Puy, fut conduite devant un notaire et y fit *spontanément* la déclaration que lui dicta Mme de Brioude. Elle portait en substance :

« Qu'elle était bien la mère naturelle de *Thérèse Magdelaine*, placée le 4 fructidor an 5, à l'hospice du Puy.

« Qu'il était à sa connaissance que cette enfant avait été retirée et soignée chez Mme de Villechaise.

« Qu'ayant appris l'action en réclamation d'état dirigée par Laurette, qui n'était autre que *Thérèse-Magdelaine*, elle ne pouvait que déplorer l'ingratitude de sa fille. »

Cette pièce paraissait accablante; elle produisit son effet. Les conseils de Mlle Laurette ne pouvant soupçonner toute la perversité de ses adversaires, virent dans cette déclaration la ruine complète de ses droits. Ils l'engagèrent à déserter une action que la fortune trahissait. Mlle Laurette hésita longtemps; enfin les sollicitations dont elle était l'objet triomphèrent; elle se laissa arracher un acte de désistement à la date du 22 novembre 1820. Ce désistement fut accepté, un arrêt de la cour de Lyon en donna acte aux intimés le 20 décembre. Le 2 avril suivant Mlle Laurette y acquiesça.

Ainsi l'intrigue ourdie contre elle avait un plein succès; elle venait de consommer elle-même sa perte; mais la providence ne permit pas que le mensonge qui l'avait entraînée fut longtemps respecté, elle ne tarda pas à en découvrir l'odieuse source.

Le 7 mai 1830, Agathe Garde, la mère de Thérèse Magdelaine, comparaît devant Me Saint-Cire, notaire à St-Etienne, et demande à consigner authentiquement :

« Que dans la déclaration qu'elle a donnée en mil huit cent dix-
« huit ou mil huit cent dix-neuf, à la dame de Brioude, on lui a fait
« dire des choses qu'elle n'a pas dites et qui n'existent pas; qu'elle a
« signé chez Me Richon ladite déclaration sans la lire; que voulant
« réparer, autant qu'il est en son pouvoir, les torts que les fausses

3

« énonciations qu'elle contient ont pu causer, et rendre hommage à
« la vérité; »

« Elle déclare positivement que Thérèse Magdelaine, sa fille natu-
« relle, n'a point été enregistrée à l'hospice du Puy lorsqu'elle y fut
« déposée, parce qu'une tante à elle, Agathe Garde, qui était sœur
« dans ledit hospice, s'y opposa, pour ne pas laisser constater un
« fait qu'elle regardait comme un déshonneur pour sa famille; que
« l'enfant fut déposé dans cet établissement, quelques heures après sa
« naissance, par Thérèse Magdelaine Garde, sa tante et marraine;
« qu'elle ne l'a point gardée auprès d'elle comme on le prétend;
« qu'il n'est pas vrai qu'on ait employé l'intermédiaire de M. Bou-
« dinhon, juge-de-paix, dont on n'avait nul besoin pour la faire ad-
« mettre à l'hospice; qu'il n'est pas vrai non plus que son aïeule ma-
« ternelle lui ait fait un legs par son testament, que l'on produira au
« besoin;

« Qu'il n'est pas vrai, enfin, que la famille Garde ait jamais réclamé
« cet enfant ou fait écrire par les sœurs de l'hospice du Puy, non
« plus que par les dames de Veyrac ou Contenson de Balichard,
« pour le réclamer; qu'elle n'a jamais parlé à ces différentes per-
« sonnes, et que ces faits ne sont point à sa connaissance. »

A cette déclaration si précise, il faut joindre celle de la veuve
Vigouroux, nourrice de Thérèse Magdelaine; elle raconte :

« Qu'il y a à peu près trente-quatre ans, ce qui se rapporte à l'an
« cinq, il lui fut remis de la part de la sœur Aulanier, une jeune fille
« âgée de sept mois, nommée *Thérèse Magdelaine*, qu'on lui dit
« venir des mains d'une autre nourrice habitant au Puy, rue de
« l'Ouche; qu'elle a gardé ladite jeune fille pendant huit ou neuf
« années, et qu'après ce temps-là un garçon de l'hospice du Puy vint
« la réclamer, et la conduisit audit hospice, où la comparant l'accom-
« pagna, et laquelle en fit la remise à la même sœur Aulanier, de qui
« elle la tenait; depuis elle n'a plus revu cette enfant. »

Mise en possession de ces déclarations, Mlle de Villechaise ne pouvait plus conserver de doute. Agathe Garde avait succombé aux sollicitations de Mme de Brioude, et menti sciemment à la vérité. Si l'existence de Thérèse Magdelaine n'était pas clairement établie en dehors de la famille de Villechaise, au moment du procès, au moins pouvait-on la suivre assez loin depuis l'époque de sa naissance, pour avoir la conviction de la fausseté des faits articulés au nom de M. de Villechaise et de Mme de Brioude. Cette preuve suffisait pour les constituer en état flagrant de dol et ruiner de fond en comble leur système de défense.

Cependant la position de Mlle de Villechaise était délicate; son désistement, l'arrêt qui l'avait accueilli, son acquiescement élevaient contre elle autant de formidables remparts derrière lesquels toute action semblait devoir lui être refusée. Pour lutter avec quelque avantage, elle n'avait d'autre ressource que d'attaquer la sentence souveraine qui avait consacré sa volontaire abdication. Le dol en était la base; et en invoquant cette considération, elle eût inévitablement obtenu gain de cause. Elle essaya une autre voie; au lieu de l'aborder sans hésitation, elle se laissa acculer à un dernier délai d'audience, et la cour crut devoir la condamner sans qu'elle eût été défendue.

Du reste le système qu'elle avait adopté offrait matière à controverse; elle soutenait l'invalidité d'un désistement en matière de réclamation d'état et se bornait à reprendre l'instance au point où elle en était avant cet acte important. La cour n'accueillit pas cette procédure; par un arrêt rendu sur dépôt de pièces le 26 juin 1833, elle déclara Mlle de Villechaise non-recevable dans son action.

Alors on songea à se pourvoir par requête civile, il était tard, de plus on commit une faute qui rendait impossible la réparation demandée à la justice.

Mlle Laurette se trouvait évidemment dans les limites de l'art. 480 du Code de procédure; ses adversaires n'avaient triomphé qu'à l'aide de la fraude la plus coupable et la mieux caractérisée. Ils avaient cor-

ompu Agathe Garde et lui avaient arraché une déclaration mensongère. Jamais dol ne fut plus odieux ni plus apparent.

Mais pour s'en prévaloir, il fallait se placer dans les conditions
exigées par la loi ; en premier lieu, l'action devait s'exercer dans les
trois mois de la découverte du dol ; en second lieu, on devait la diriger contre la sentence dont ce dol avait été la cause immédiate.

Or la découverte du dol datait de 1830.

La sentence qui était le fruit, c'était l'arrêt qui avait sanctionné le
désistement.

Or Mlle Laurette n'introduisit son action qu'en 1834, elle la di-
rigea contre le jugement du tribunal de Montbrison, en date du 26
mars 1819.

Par un nouveau jugement du 18 décembre 1835, ce tribunal re-
jeta la requête civile, par ce double motif :

Premièrement qu'elle était tardive, secondement que la sentence
du 26 mars 1819 n'était pas infectée de dol, la déclaration mensongère d'Agathe lui étant postérieure.

Cette décision était rigoureuse, mais juridique ; aussi Mlle de Villechaise ne put-elle réussir à la faire réformer en appel. La Cour était
renfermée dans les étroites limites de la double question de droit qui
lui était soumise. Quelque fut la faveur avec laquelle elle vit le fond
de l'affaire, elle était obligée de juger le point en litige. Elle fit acte
de bonne justice.

Toutefois Mlle de Villechaise était sur la voie de la vérité. Les
vices de procédure qui l'avaient fait échouer ne détruisaient pas la
force des déclarations dont elle s'était prévalu ; il ne lui restait plus
qu'à les compléter, à leur donner une autorité capable d'entraîner la
conviction des plus incrédules.

Le jugement de Montbrison, le désistement, l'arrêt conforme,
l'acquiescement, étaient fondés sur une présomption d'identité entre
Mlle Laurette et Thérèse Magdelaine. M. de Villechaise et Mme de
Brionde avaient appuyé cette identité prétendue de toutes les suppo-

sitions, de tous les semblants de preuve que leur fertile imagination avait pu inventer. Pour miner leur système et renverser avec lui l'échafaudage judiciaire élevé contre Mlle Laurette, il suffisait de prouver qu'elle et *Thérèse Magdelaine* étaient deux personnes distinctes.

Cette considération simple frappa ses conseils; appliquez-vous, lui dirent-ils, à rechercher *Thérèse Magdelaine*, si vous réussissez à la trouver, si vous la produisez à la justice et avec elle la preuve certaine de sa filiation, votre cause sera gagnée.

Car, d'une part, il sera démontré que vos adversaires ont employé contre vous le mensonge et la fraude, ce qui permettra aux tribunaux de revenir sur les décisions surprises à l'aide de ces odieux moyens.

De l'autre, votre origine sera nécessairement constatée ; vous ne pouvez être que Thérèse Magdelaine ou Laurette de Villechaise. Vous n'êtes pas Thérèse Magdelaine, il est impossible de ne pas reconnaître que vous appartenez à la famille de Villechaise.

De plus, comme aucun acte n'établit le décès de Claudine-Antoinette de Villechaise, dont l'extrait de naissance est produit, comme le roman de sa mort et de sa sépulture secrète, ne peut soutenir l'examen, comme d'ailleurs M. et Mme de Villechaise n'ont pu aller chercher au Puy Thérèse Magdelaine qui n'est jamais entrée dans leur maison, vous vous rattachez à la famille de Villechaise non-seulement parce que vous êtes tout-à-fait séparée d'Agathe Garde, mère de Thérèse Magdelaine, mais encore parce que l'acte de naissance de Claudine Antoinette ne peut s'appliquer qu'à vous.

C'est ainsi que tout s'enchaîne et que la découverte d'un des fils de la trame honteuse ourdie par les adversaires, révèle à la fois et leur turpitude et le droit trop longtemps méconnu de leur victime.

Mlle De Villechaise a compris la portée de ces avis; elle s'est mise à la recherche de Thérèse Magdelaine, elle l'a trouvée :

aujourd'hui il ne peut plus s'élever de doutes sur son existence ; des actes réguliers, sa propre déclaration, celle des témoins nombreux et respectables lui donnent le caractère d'un fait désormais irrécusable.

La première pièce authentique qui n'a plus permis à Mlle de Villechaise d'hésiter dans sa nouvelle attaque, est un certificat délivré par M. Esparron, économe des hospices du Puy, en date du 27 décembre 1836, il est ainsi conçu :

« Il résulte des recherches faites par l'économe des hospices de la ville du Puy, dans les registres d'admission des enfants trouvés et abandonnés, que :

« Le 4 fructidor an 5, le citoyen Boudinhon a fait recevoir à l'Hôtel« Dieu une fille âgée de dix mois, qui était baptisée et se nommait « Thérèse Magdelaine.

« Que, le 8 fructidor de l'an 5, cette jeune fille fut placée en nour« rice chez Catherine Perrussel, du lieu de Tressac, commune de « Polignac, canton du Puy ; enfin que cette enfant a été retirée « de chez ladite nourrice en l'an 11. L'économe des Hospices « soussigné ne peut donner de plus amples renseignements.

« Signé ESPARRON. »

Ici l'on doit prévoir une objection :

Agathe Garde revenant sur sa première déclaration et faisant connaître les manœuvres frauduleuses qui la lui ont arrachée, raconte que la fille qu'elle mit au monde ne fut point inscrite sur les registres de l'hospice, ni déposée dix mois après sa naissance par M. Boudinhon ; qu'elle y fût portée au bout de quelques heures par sa marraine Thérèse-Magdelaine Garde. De ces contradictions l'on pourrait induire qu'il y a eu deux Thérèse Magdelaine, l'une née d'Agathe Garde, et placée à l'hospice sans enregistrement le jour même de sa naissance ; l'autre déposée à dix mois et régulièrement inscrite. Ce serait une erreur ; quelques mots établiront que la contradiction n'est qu'apparente.

En premier lieu, ce qu'il y a d'important dans la contre-déclaration d'Agathe Garde, c'est qu'elle prouve les machinations frauduleuses de Mme de Brioude. Celle-ci a su corrompre un témoin, et lui dicter devant notaire une série d'affirmations mensongères. Cette seule considération suffirait à sa confusion. Nul ne ment sans intérêt ; et quand l'imposture revêt un caractère atroce, quand la personne qui ne craint pas d'y descendre doit fouler aux pieds les sentiments de l'honneur, les scrupules naturels que font naître l'éducation, la position sociale, le danger d'être surpris et couvert d'un opprobre mérité, il faut que cette imposture soit la seule ressource laissée à l'artisan d'un crime aussi grand que profitable. Or, quelque fût l'incertitude qui entourerait l'époque et les circonstances du dépôt de Thérèse-Magdelaine, fille d'Agathe Garde, il demeure constant que celle-ci a faussement déclaré, à l'instigation de Mme de Brioude, que cette fille naturelle était entrée dans la famille de Villechaise. La dénégation seule de ce fait renverse la fable sur laquelle repose l'identité de Thérèse-Magdelaine et de Mlle Laurette. C'est là qu'est le gain du procès.

Mais il faut aller plus loin et dire que le certificat délivré par M. Esparron s'applique exclusivement à la fille d'Agathe Garde. Celle-ci, dans sa contre-déclaration, s'est contentée d'affirmer que son enfant n'était pas resté avec elle jusqu'à dix mois. Le fait est vrai, puisque Catherine Pérussel dit l'avoir prise à l'hospice et des mains d'une nourrice habitant au Puy, rue de l'Ouche ; il est donc probable que des parents d'Agathe Garde éloignèrent d'elle le fruit de sa faiblesse en le déposant à l'hospice ; que la sœur Garde, hospitalière, le confia d'abord à une nourrice du Puy, et plus tard à Catherine Pérussel ; ce fut alors et au moment où l'enfant s'éloignait qu'on l'inscrivit sur les registres, et que le sieur Boudinhon, officier municipal, consentit à en faire la réquisition. Ainsi s'explique l'ignorance, dans la quelle Agathe Garde a été de toutes ces circonstances et la sincérité de sa déclaration. Ainsi s'évanouit toute obscurité, et il demeure établi qu'il ne peut s'agir dans l'extrait des livres de l'hospice que de Thérèse-Magdelaine, fille d'Agathe Garde.

Ceci posé, que devient la version présentée par M. de Villechaise et Mme de Brioude? Un simple rapprochement de dates va la détruire de fond en comble. Suivant elle, M. et Mme de Villechaise seraient venus au Puy en 1799, ils y auraient recueilli Thérèse-Magdelaine, fille d'Agathe Garde, à l'âge de trois ans. Or, suivant l'extrait des livres de l'hospice, conforme en ceci aux déclarations de Catherine Pérussel, cette femme a gardé Thérèse-Magdelaine jusqu'à la fin d'octobre 1803. Comment M. et Mme de Villechaise ont-ils pu l'emmener en 1799?

Ce n'est pas tout : au pied de l'extrait délivré par M. Esparron, M. Mandet, vice-président de l'administration des hospices du Puy, a écrit les lignes suivantes :

« L'administrateur soussigné croit pouvoir certifier, d'après les di-
« vers renseignements recueillis sur le compte de Thérèse-Magde-
« laine, dénommée dans la note ci-dessus, que cette enfant fut pla-
« cée à l'âge de quinze ans chez Antoine Montchamp, dans la pa-
« roisse de Saint-Front, et ensuite au Puy, où elle a servi successi-
« vement chez MM. Genestet, de Saint-Gilles, Maurice de Veyrac,
« Gendriac, notaire, de Couteaux, jusqu'au moment où elle s'est
« mariée, il y a neuf ans et demi, avec Jean-André Gravejeon, ou-
« vrier au Puy. En foi de quoi il a délivré le présent certificat. Au
« Puy, le 31 décembre 1837. Le vice-président de l'administration
« des hospices. Signé : MANDET. »

L'extrait des registres de l'hospice donne à Thérèse-Magdelaine une existence distincte de celle de Mlle Laurette de Villechaise, à l'époque de la première enfance ; ces renseignements complètent la preuve ; ils suivent Thérèse-Magdelaine dans les différentes phases de sa vie jusqu'au moment actuel. S'ils ne sont pas le fruit de la plus étrange erreur, il n'y a plus rien à dire en faveur de Mlle Laurette. Sa filiation légitime ressort de l'impossibilité qu'éprouvent ses adversaires à la rejeter dans la bâtardise.

Or, ces renseignements ont été de tous points confirmés. Appuyée par le concours d'hommes intègres et courageux qui ont su se mettre au-dessus des menaces et des calomnies, Mlle Laurette a suivi les traces indiquées par M. Mandet. Elle est parvenue de recherches en recherches jusqu'à Thérèse-Magdelaine. Celle-ci est prête à comparaître devant la justice. Quand elle s'y présentera à côté de Mlle Laurette, la défense de celle-ci sera complète, car il sera prouvé en même temps qu'elle n'est pas Thérèse, et qu'elle est nécessairement Mlle de Villechaise. En attendant cette justification, voici la courte analyse des actes nombreux qui ont mis l'existence de Thérèse-Magdelaine à l'abri de toute contestation.

Le 10 février 1838, devant Me Liogier et son collègue, notaires au Puy, comparaît Jean-André Grimonet, dit Gravejeal, ouvrier au Puy, lequel marié à Magdelaine, dite Montchamp, déclare autoriser expressément sa femme à faire constater : qu'elle se nomme Thérèse-Magdelaine; que c'est elle qui a été déposée à l'hospice du Puy le 4 fructidor an 5 et mise en nourrice chez la femme Pérussel, qu'elle est née d'Agathe Garde.

Le 21 février, devant Me Vachier, juge-de-paix du canton d'Arlan, sont entendus neuf témoins qui déposent de la manière la plus circonstanciée de la filiation et de l'identité de Thérèse-Magdelaine.

Le 27 février, devant Me Dufour, juge-de-paix du canton de Saint-Didier, comparaît la sœur Bouchet, attachée à l'hospice du Puy. Sa déclaration est d'autant plus précieuse qu'elle a signé de concert avec les sœurs Uson et Aulanier un certificat en faveur de Mme de Brioude. Nous l'avons rapporté plus haut. Aujourd'hui elle dépose « en son âme et conscience :

« 1° Que les certificats qu'on lui a attribués de concert avec les « dames Huson et Aulanier, ses compagnes, ont été surpris à sa

« bonne foi. Qu'on les a toujours demandés et obtenus d'elles avec
« l'appât d'améliorer le sort d'un enfant de l'hospice, et en lui affir-
« mant que la famille y avait d'abord sollicité à l'hospice un enfant
« naturel, et plus tard des certificats, n'avait pour but que l'adoption
« et le bonheur de cet enfant.

« 2° Qu'elle comprenait, mais trop tard, qu'elle avait été dupe de
« l'intrigue la plus abominable.

« Qu'elle avait cru jusqu'ici l'enfant d'Agathe Garde, sinon perdue,
« du moins élevée dans la famille de Villechaise, sous le nom de
« Laurette de Villechaise, mais qu'elle ne peut s'empêcher de recon-
« naître dans celle qui se présente une autre personne que Thérèse-
« Magdelaine, enfant d'Agathe Garde, veuve Mayet, que les rapports
« de similitude qui existent au moral comme au physique entre ces
« deux êtres, en témoignent d'une manière irrécusable aux yeux de
« tous ceux qui les connaissent. »

Le 4 mars 1838, Thérèse-Magdelaine elle-même se présente devant
M. Liogier, et donne sur sa filiation et sur sa vie les détails les plus
circonstanciés. Elle rend compte des maîtres chez lesquels elle a servi,
des incidents relatifs à son mariage; chacune de ces déclarations est
appuyée par les dépositions des personnes honorables avec lesquelles
elle a été en relation.

Ainsi, les 3 et 9 mars, trente-trois témoins sont entendus devant
M. Montellier, juge-de-paix du canton du Puy, tous déclarent una-
nimement avoir connu Thérèse-Magdelaine, fille d'Agathe Garde,
depuis l'époque de sa naissance jusqu'à ce jour. Tous certifient son
identité avec la personne qui leur est présentée, avec la femme Grimonet.

Nous n'en sommes donc plus réduits à détruire le système de M. de
Villechaise et de Mme de Brioude par les invraisemblances qu'il ren-
ferme, des preuves positives de sa fausseté nous sont acquises. L'intrigue qu'ils ont si habilement conduite est déjouée; il ne leur sera
plus possible de confondre Mlle Laurette avec Thérèse-Magdelaine.

Les conséquences morales de la démonstration devant laquelle ils seront obligés d'humilier leur haine n'ont pas besoin d'être indiquées. Que deviendra Mme de Brioude, elle si orgueilleuse, si intraitable, si pleine de dédain et de colère, vis-à-vis de sa malheureuse sœur, que deviendra-t-elle lorsque, devant la justice qui ne s'achète pas, en face du public qu'on n'égare pas toujours, on produira la preuve vivante de ses honteuses menées? Vainement essaiera-t-elle de se réfugier dans de hautaines divagations, il lui faudra accepter ce fait inexorable qui n'admet ni excuse ni commentaire : « Vous avez affirmé que Mlle Lau-
« rette était la fille d'Agathe Garde, cette fille la voici, vous avez
« donc menti!

« Vous avez affirmé que cet enfant avait été accueillie par votre
« père et votre mère à l'âge de trois ans; à six ans, elle est rentrée à
« l'hospice d'où elle est sortie pour se placer chez différents maîtres,
« vous avez donc menti!

« Vous avez affirmé que Thérèse-Magdelaine avait été introduite
« dans votre famille pour y remplacer une petite fille morte en bas
« âge. Ce décès est une fable. Thérèse-Magdelaine n'a jamais mis le
« pied sur le seuil de la maison de Villechaise. Vous avez donc
« menti!

« Et dans quel but! vous avez découvert au fond du cœur de M. de
« Villechaise un odieux soupçon. Au lieu de le guérir vous l'avez en-
« tretenu. Vous n'avez pas craint d'outrager la mémoire de votre mère
« dont les cendres étaient à peine refroidies, et sur cette déplorable
« faiblesse paternelle vous avez assis l'abominable combinaison à l'aide
« de laquelle vous avez essayé de chasser votre jeune sœur de la fa-
« mille et de mettre la main sur sa part héréditaire! Votre triomphe a
« été complet vingt années, vous deviez le croire éternel. Mais voilà
« que de son obscurité sort tout à coup la jeune fille dont vous aviez
« volé l'état illégitime pour en revêtir votre propre sœur, la voilà qui
« vous accuse et vous dit: Vous avez menti, et vous, vous n'aurez pas de
« réponse sérieuse. Vous aurez beau vous débattre contre l'infamie au

« prix de laquelle vous avez voulu satisfaire votre passion, l'infamie
« vous restera. »

Mlle Laurette de Villechaise n'obtiendra-t-elle que cette triste
victoire ? tout est-il consommé contre elle, et cette cause mémorable
devra-t-elle fournir un exemple fameux de l'impuissance de la justice
humaine forcée de respecter la plus monstrueuse des iniquités ?

Non, la loi n'est pas à ce point désarmée : et ses ministres ne sont
pas condamnés par elle à tolérer le scandale d'une spoliation audacieuse
d'état commise à l'aide des fraudes les plus révoltantes. Le principe
de l'autorité de la chose jugée fléchit ici devant la nécessité impérieuse
de sauver la justice du mépris où elle tomberait si elle pouvait être au
service des imposteurs. C'est pourquoi un recours est accordé contre
celle de ses décisions qu'entache le dol personnel de l'une des parties.
Cette sage disposition est ancienne dans le droit. Elle est la consécration d'une règle morale sacrée et dont l'observation n'est pas moins
indispensable à la stabilité sociale que le respect dont on entoure les
sentences émanées des corps établis par la constitution.

Cette règle est écrite dans l'article 480 du Code de procédure
civile.

« Les jugements contradictoires rendus en derniers ressort par les
« tribunaux de première instance et les Cours royales, et les juge-
« ments par défaut rendus aussi en dernier ressort et qui ne sont
« plus susceptibles d'opposition, pourront être rétractés sur la re-
« quête de ceux qui auront été parties ou dûment appelés, pour les
« causes ci-après :

« 1° S'il y a eu dol personnel ? »

Art. 485. « La requête civile sera signifiée avec assignation dans
« les trois mois, à l'égard des majeurs, du jour de la signification à
« personne ou domicile du jugement attaqué.

Art. 488. « Lorsque les ouvertures de requête civile seront le
« faux, le dol ou la découverte de pièces nouvelles, les délais ne
« courront que du jour où, soit le faux, soit le dol, auront été recon-

« nus, ou les pièces découvertes ; pourvu que dans ces deux derniers
« cas il y ait preuve par écrit du jour et non autrement. »

Trois questions doivent donc être examinées dans l'intérêt de Mlle
Laurette de Villechaise :

1° Y a-t-il dol personnel de la part de ses adversaires!

2° Est-elle dans le délai légal pour exercer son action ?

3° Contre quelle sentence doit-elle la diriger.

Quelques mots suffiront pour démontrer :

1° Qu'il y a lieu à requête civile ;

2° Que la demanderesse est dans ses délais ;

3° Que la requête civile doit être dirigée contre l'arrêt du 20 décembre 1820, qui a donné acte aux parties du désistement arraché à
Mlle Laurette le 22 novembre précédent.

Le dol était défini par la loi romaine, toute ruse, tout mensonge,
toute machination employée dans le but de tromper autrui.

Le Code de procédure civile n'a point répété ces qualifications ; il
abandonne l'appréciation du dol à la conscience du juge.

Seulement il exige qu'il soit personnel, c'est-à-dire qu'il émane de
la partie contre laquelle on agit ou de celui qui la représente.

En effet, pour obtenir un résultat aussi exorbitant que l'est la ré-
tractation d'une sentence passée en force de chose jugée, il faut que
le vice qui l'infecte soit l'œuvre de celui qui l'a surprise et qui en
profite.

Les magistrats doivent donc se poser cette double question : Y a-t-
il eu de la part du plaideur qui a triomphé artifice coupable dans le
dessin de tromper la justice ? cet artifice a-t-il été la cause détermi-
nante du jugement attaqué ?

Une résolution affirmative sur ces deux questions entraîne l'admission de la requête civile.

Or, en fait, quels artifices plus coupables, quelles ruses plus indignes, quel dol plus personnel peut-on imaginer que celui mis en
œuvre par M. de Villechaise et Mme de Brioude ?

Ils ont de longue main conspiré contre leur sœur, ils ont voulu la dépouiller de ce qui est le plus précieux de l'état-civil, de la légitimité. D'une fille appartenant à une famille honorable et opulente, ils ont voulu faire un enfant abandonné, sans nom, sans fortune, sans parents, et devenant, par l'issue du même procès, par la persévérance qu'elle a mise à réclamer ses droits, un monstre d'ingratitude. Voilà l'objet de leurs efforts.

Pour en assurer le succès, ils ont supposé une correspondance, ils ont produit des annotations suspectes, ils ont mendié des certificats mensongers. Vainqueurs à Montbrison, malgré la résistance du ministère public, ils ont redouté l'effet de l'appel; désespérant de séduire la Cour de Lyon, ils ont à prix d'or arraché des déclarations dans lesquelles la vérité a été indignement outragée. C'est sur ces déclarations que Mlle Laurette, pressée par ses conseils, délaissée par ceux qui l'avaient soutenue jusques-là, a donné son désistement; c'est encore en s'appuyant sur ces déclarations que la Cour de Lyon, après son arrêt du 20 décembre 1820, accueillit ce désistement; elles sont donc la seule cause des fins de non recevoir élevées aujourd'hui contre Mlle Laurette; si elles ne constituent le dol personnel, dont il est question dans l'art. 480 du Code de procédure, ce dol ne se rencontrera nulle part, et les sévères dispositions de la loi tomberont dans l'impuissance et le mépris.

Les décisions de la jurisprudence n'offrent aucun précédent qui puisse favoriser une interprétation aussi relâchée.

La Cour de Colmar a jugé, le 18 mars 1820, que la simple dénégation mensongère de faits essentiels, donnait lieu à la requête civile.

Et la Cour de Bruxelles, le 22 décembre 1810, que l'allégation d'un fait controuvé présenté par l'avocat au nom du client, constituait le dol personnel.

Insister davantage sur le caractère du dol reproché à M. de Villechaise et à Mme de Brionde, ce serait faire injure à la sagesse des magistrats chargés de l'apprécier.

La question de recevabilité paraît d'abord plus délicate, elle ne soulève cependant aucune difficulté vraiment sérieuse.

Les adversaires ne peuvent pas dire qu'il y a chose jugée et que Mlle Laurette a déjà succombé dans la requête civile. Celle qui a été écartée par le tribunal de Montbrison le 18 décembre 1835, était dirigée contre le jugement du 26 mars 1819; celle à laquelle elle a aujourd'hui recours, est dirigée contre l'arrêt du 20 décembre 1820. Il ne s'agit donc pas de la même chose demandée. Or chacun sait que l'art. 1351 n'est applicable qu'autant que cette condition se trouve réunie aux trois autres : identité de cause, identité de parties, identité de qualité.

Ici non-seulement la chose demandée n'est pas la même, mais encore la cause de la demande est différente; devant le tribunal de Montbrison, Mlle Laurette invoquait la contre-déclaration d'Agathe Garde, et les certificats de la veuve Pérussel et du sieur Vigouroux, aujourd'hui elle s'appuye sur les extraits des registres de l'hospice, régulièrement dépouillés, sur l'attestation des administrateurs, sur des enquêtes qui prouvent la notoriété de l'existence de Thérèse Magdelaine. C'est bien toujours des mêmes faits de dol qu'elle argumente, mais la cause de sa demande a changé, et l'art. 1351 ne saurait lui être opposé.

Il ne peut, en effet, être entendu sans une distinction simple qu'ont admise également les auteurs et les arrêts.

Par l'expression *sur la même cause*, la loi indique que l'exception de la chose jugée repousse la demande nouvelle, lorsqu'elle a la même origine légale que celle déjà appréciée par la sentence définitive.

Ainsi, on ne peut faire revivre une prétention qui a servi de base à un jugement, en lui donnant pour base un moyen nouveau, ce n'est pas là une cause distincte qui permette de repousser l'exception de la chose jugée.

Par exemple, si Mlle Laurette voulait se faire admettre à la preuve de sa filiation légitime en se servant de faits que les juges de Montbrison n'ont pu connaître, on la ferait déclarer non recevable, parce qu'il s'agirait de même demande, fondée sur la même cause, appuyée seulement de moyens nouveaux.

Mais ici, la cause de la requête civile c'est la découverte de nouvelles et incontestables preuves du dol qui a fait réussir les adversaires. Ce n'est pas un moyen jusques-là négligé, c'est une cause entièrement différente, s'appliquant à un chef de contestation qui n'a point été jugé. Encore une fois, l'article 1351 du Code civil ne peut fournir aucune arme contre Mlle de Villechaise.

Reste à savoir si son action est intentée dans les délais légaux.

Le Code de procédure accorde à la partie lésée trois mois à compter du jour de la découverte de la fraude.

Dans l'intérêt de Mlle de Villechaise on pourrait soutenir que le dol n'a été pleinement prouvé que par la dernière enquête faite devant M. Montellier, juge-de-paix du Puy. Alors seulement se sont évanouis tous les doutes qui jusques-là avaient pu obscurcir la vérité. Quand Mlle de Villechaise invoquait la contre-déclaration d'Agathe Garde, elle se prévalait d'une présomption puissante. Le dol de ses adversaires était démontré par les manœuvres auxquelles ils étaient descendus pour extorquer un certificat mensonger. La filiation de Thérèse-Magdelaine demeurait cependant énore incertaine; aucune preuve irréfragable ne constatait son existence séparée de celle de Mlle de Villechaise. Celle-ci devait donc, pour rendre sa démonstration complète, rapporter un titre et des témoignages capables d'établir ce fait. Ces recherches ont eu un plein succès, mais ce n'est vraiment que lorsque cette découverte a eu lieu, lorsqu'il n'a plus été possible de confondre Thérèse Magdelaine et Mlle Laurette, que le dol de M. de Villechaise et de Mme de Brioude a paru dans sa nudité, c'est alors seulement que Mlle de Villechaise a pu exercer son action.

Or, la dernière enquête est du 9 mars 1838, Mlle de Villechaise pouvait exercer son action jusqu'au 9 juin. Sa demande est du vingt-

deux février; elle a été formée moins de trois mois après la découverte de l'extrait des registres de l'Hospice. Cette demande est donc
recevable et fondée, la Cour ne la repoussera pas.

Ainsi, sera brisé par sa toute puissance et sa justice le faisceau d'iniquités qui accable aujourd'hui Mlle de Villechaise ; il est temps que la
vérité, pendant vingt années méconnue , soit enfin mise en lumière.
Il est temps que l'orpheline qui a consumé la plus belle partie de sa
vie à lutter contre une odieuse entreprise, reprenne les droits et la
place qu'ils lui assurent dans la famille de Villechaise. Cette tardive
réparation ne lui rendra pas les jours qui se sont écoulés pour elle
dans les larmes et l'angoisse; sa jeunesse toute entière a été dévorée
par les chagrins que ses ennemis lui ont suscités, au moins que les
années que Dieu lui tient en réserve lui fassent oublier ces cruelles
agitations. Qu'elle y trouve le repos et la considération qui lui sont
dus, elle les a chèrement achetées; elle n'en éprouvera que plus de
reconnaissance pour les magistrats qui lui rendront la vie et cicatrise-
ront les blessures que lui ont faites de coupables passions.

Telles seront les conséquences de l'arrêt de la cour. Les preuves sont,
en effet, dès à présent suffisantes pour que, sans enquête, on puisse
décider que Mlle Laurette appartient à la famille de Villechaise. La
demande en requête civile atteint deux buts à la fois : elle anéantit
tous les précédents judiciaires qui s'élevaient contre Mlle Laurette ;
elle détruit aussi le roman imaginé sur la mort prétendue de Pauline.
Or, si Pauline n'est pas morte, c'est qu'elle n'a jamais existé. L'acte de
naissance de 1793 s'applique nécessairement à Mlle Laurette ; et
l'article 319 du code civil met fin à la contestation.

Regarda-t-on ce système comme trop hardi? conserva-t-on quelque
doute sur la véritable origine de Mlle Laurette, sur l'existence de
Pauline, les conclusions données en première instance par le ministère
public seraient adoptées, la cour ordonnerait une enquête, et de cette
enquête ressortirait la preuve des faits articulés; avec elle, celle de la
légitimité de Mlle de Villechaise.

5

Quoiqu'il en soit, ses malheurs touchent à leur terme. Le jour de l'audience est proche. Mlle Laurette va comparaître devant des magistrats dignes de leurs hautes fonctions ; ils comprendront ce que cette cause a de grand dans l'intérêt des familles et de la morale publique : et placés dans une sphère où ne pénètre pas l'esprit d'intrigue, ils prononceront un arrêt qui sera la confusion de ceux qui ont abusé de leur crédit pour satisfaire leur cupidité et leur haine, et la réhabilitation de la victime dont la faiblesse a longtemps compromis les droits, et qui, sans la justice de la cour, se serait éteinte dans l'humiliation et la misère, quand sa naissance et la loi lui donnent un rang, un patrimoine, une famille.

Jamais la cour n'aura accompli un acte de réparation judiciaire plus éclatant et plus solennel, il demeurera comme un monument éternel destiné à garantir les petits des entreprises des hommes puissants et corrompus. Mlle de Villechaise n'aura pas seule triomphé, avec elle l'emporteront les principes du droit, les saintes maximes de l'équité. Avec ses adversaires succomberont la fraude et le mensonge, qui trop souvent égarent l'opinion publique quand ils s'appuyent sur l'opulence et sur une position sociale élevée.

Paris le 27 juillet 1838.

JULES FAVRE,

Avocat à la Cour royale de Paris.